Mondo et autres histoires

FichesdeLecture.com

Mondo et autres histoires (Fiche de lecture)

I. INTRODUCTION

Mondo est un recueil de huit nouvelles publié en 1978. L'auteur a indiqué que ces textes furent écrits ensemble, mais de façon différente.

Ces nouvelles témoignent de la nostalgie de l'enfance et de l'innocence de la société préindustrielle, thème cher à l'auteur. En effet, la contestation est un caractère permanent de l'œuvre de Le Clézio.

C'est notamment avec *Mondo et autres histoires* puis *Désert* qu'il rencontre un véritable succès public, en 1994 les lecteurs du magazine Lire le désignent « plus *grand écrivain francophone vivant* ».

Jean-Marie Gustave Le Clézio a reçu le prix Nobel de littérature en 2008, en tant qu'« *écrivain de nouveaux départs, de l'aventure poétique et de l'extase sensuelle, explorateur d'une humanité au-delà et en dessous de la civilisation régnante* ».

II. RÉSUMÉ DES NOUVELLES

Mondo

« *Personne n'aurait pu dire d'où venait Mondo. Il était arrivé un jour, par hasard, ici dans notre ville, sans qu'on s'en aperçoive, et puis on s'était habitué à lui* ». Le jeune Mondo a dix ans, il traîne dans les rues de Nice. C'est un orphelin, on ne sait d'où il vient ni où il va. Il est sans-abri, analphabète et gitan, il constitue pour certains un objet de nuisance qu'il faut neutraliser.

Livré à lui même il apprend tout seul à survivre et à éviter les pièges de la vie : « *Quand il arrivait vers vous, il vous regardait bien en face, il souriait, et ses yeux étroits devenaient deux fentes brillantes. C'était sa façon de saluer. Quand il y avait quelqu'un qui lui plaisait, il l'arrêtait et lui demandait tout simplement : "Est-ce que vous voulez m'adopter ?"* ». Il fait beaucoup de rencontres étonnantes, un vieux pêcheur qui lui apprend à lire, auprès d'un sans-abri entouré de colombes, il a l'impression de retrouver son père. Enfin, il tombe sur Thi-Chin, une Vietnamienne âgée et généreuse qui lui apporte beaucoup d'affection.

Le garçon semble vivre en dehors de la culture et de la civilisation, lorsqu'il apprend l'alphabet, pour lui chaque signe correspondant à un élément de la nature. Mais un jour Mondo repart, le commissaire informe Thi Chin : « *Il est parti, disparu, évaporé !* ». Thi Chin est triste et pleure, mais savait que ça se finirait ainsi.

Lullaby

Lullaby en a marre d'être enfermé par des murs et des grillages. Un matin du mois d'octobre, elle ne va pas à l'école. Elle laisse un mot à son père, puis prend quelques objets et part en direction de la plage. Elle découvre l'infini bleu, la lumière, le vent et les vagues, la mer qui « *efface les choses de la terre* », comme l'école qui l'ennuie.

Elle se baigne : « *l'eau glacée lui avait fait du bien. Elle avait lavé les idées dans sa tête* ». Elle se prélasse ensuite au soleil : « *le soleil brûlait son visage. Les rayons de lumière sortaient d'elle par ses doigts, par ses yeux, sa bouche, ses cheveux, ils rejoignaient les éclats des rochers et de la mer (...) La lumière continuait à entrer, jusqu'au fond des organes, jusqu'à l'intérieur des os, et elle vivait à la même température que l'air, comme les lézards* ».

Elle écrit des mots sur des feuilles de papier qu'elle brûle ensuite. Puis elle rencontre un garçon qui revient de la pêche, rêveur et solitaire. Enfin elle se laisse guider dans les rochers-gaufrettes par d'étranges messages : « *trouvez-moi* » — « *ne vous découragez pas* » pour atteindre finalement la maison de rêve dans la falaise et où sont gravées les lettres : « Karisma », la grâce. Mais elle doit retourner à l'école. Personne ne comprend son étrange voyage sauf son professeur, M. Filippi.

La montagne du dieu vivant

Jon, Islandais est attiré par la lumière le 21 juin au sommet de la plus haute montagne. Il part à vélo puis à pied. « *Elle brûlait et pénétrait les pores comme un liquide chaud, elle imprégnait ses habits et ses cheveux. Soudain, il eut envie de se mettre nu. (...) Il se roula sur le sol humide, en frottant ses jambes et ses bras dans la mousse* ».

Il escalade le mont Reydarbarmur, où se tient « le dieu vivant », et où l'on peut toucher le ciel. Là haut, tout est beau, il rencontre un enfant qui lui parle comme un prophète.

La roue d'eau

Juba conduit à l'aurore les bœufs vers la noria. C'est le roi éphémère d'une cité en ruines : « *Il regarde le ciel, du côté de l'est, et devine que le jour va bientôt apparaître. Il sent l'arrivée de la lumière au fond de son corps, et la terre aussi le sait, la terre labourée des champs et la terre poussiéreuse entre les buissons d'épines et les troncs des acacias. C'est comme une inquiétude, comme un doute qui vient à travers ciel, parcourt l'eau lente du fleuve, et se propage au ras de la terre* ». La roue d'eau répète la roue du soleil dans le ciel, la roue du passé et du futur, dans un accord profond entre le réel et le rêve, le chant et le champ, le bouvier d'ici et le roi imaginaire de la ville de Yol.

Celui qui n'avait jamais vu la mer

Un jeune garçon, Daniel, mais il aurait bien voulu s'appeler Sindbad, il avait lu ses aventures dans un gros livre relié en rouge qu'il portait toujours avec lui, en classe. Dès qu'on lui parlait de ce livre ou de son contenu, ses yeux noirs brillaient plus fort, et son visage en lame de couteau semblait s'animer.

Quand un professeur l'interrogeait, il se levait et récitait sa leçon. Son corps était là, mais lui, était absent, comme s'il dormait les yeux ouverts. Pour lui, seule comptait la mer. Puis un jour il est parti, sans revenir, personne n'aurait imaginé qu'il partirait vraiment un jour. Daniel, après avoir fui se retrouve à dormir dans une cabane de planches. Au matin, il se dirige vers le haut d'une dune de sable : « *La mer ! La mer ! pensait Daniel, mais il n'osa rien dire à voix haute. Il restait sans pouvoir bouger, les doigts un peu écartés, et il n'arrivait pas à réaliser qu'il avait dormi à côté d'elle* ».

Il arrive face à la mer, il est timide, il n'arrive pas à réaliser qu'il la contemple, il exprime sa joie en courant dans les dunes : « *C'était bien la mer, sa mer, pour lui seul maintenant, et il savait qu'il ne pourrait plus jamais s'en aller* ».

Hazaran

Alia aime beaucoup Hazaran qui vit comme un ermite à l'écart du village. Celui-ci raconte des légendes, jeûne et guide ses compagnons. Martin conduit vers une autre terre le peuple du bidonville qu'on va raser.

Peuple du ciel

Petite Croix a l'habitude de s'asseoir au bout du village, quand le soleil tape très fort, pour faire sans bouger un angle bien droit avec la terre. Cette petite fille aveugle passe ses journées assise au bord de cette falaise où elle fait des sortes de voyages intérieurs.

Elle veut absolument connaître la couleur bleue, elle la découvre lors d'un voyage intérieur. Elle y découvre la beauté du monde.

Les bergers

Gaspar, un enfant de la ville qui l'a fuie, se retrouve dans des dunes de sable dans le sud du Maroc. Il rencontre des enfants nomades qui ne parlent pas sa langue, il reste pourtant avec eux et passe une saison dans l'immensité du désert et des vallées.

Ils vivent avec leurs chèvres, Gaspar apprend à chasser avec Abel, dort à côté de la petite Khaf pour la protéger du froid et tente de connaître les secrets du monde avec Augustin. Il découvre les frondes, les repas autour du feu, la garde des troupeaux.

Lors d'une tempête de sable, il se retrouve au cœur de la civilisation.

III. PRÉSENTATION DES PERSONNAGES

Mondo

C'est un garçon d'une dizaine d'années, avec un visage tout rond et tranquille, et de beaux yeux noirs un peu obliques. Mais c'était surtout ses cheveux qu'on remarquait, des cheveux brun cendré qui changeaient de couleur selon la lumière, et qui paraissaient presque gris à la tombée de la nuit.

Lullaby

C'est une jeune fille dont le père est loin et la mère malade. Un matin alors que cette dernière dort, elle fuit, l'école, la société, la civilisation pour l'infini bleu, la lumière, le vent et les vagues, la mer qui « *efface les choses de la terre* », car l'école qui l'ennuie. La mer représente une échappatoire, un lieu qui favorise la rêverie, qui permet de voir plus loin que l'horizon réel.

Jon

Cet Islandais escalade le mont Reydarbarmur, où se tient « le dieu vivant », et où l'on peut toucher le ciel. Là haut, tout est beau, il rencontre un enfant qui lui parle comme un prophète.

Juba

C'est un bouvier d'Égypte qui fait tourner les bœufs pour monter l'eau dans les champs.

Daniel

C'est un garçon qui ne parle pas beaucoup. Il ne prend la parole que lorsqu'il était question de la mer, ou des voyages. Il ne dit rien, ne manifeste aucun de ses sentiments. Il se déplace peu, restant sur place, assis sur un banc ou sur les marches de l'escalier à regarder dans le vide. Daniel est un élève médiocre, chaque trimestre il fournit le travail minimum pour subsister.

Martin

C'est l'adulte du royaume légendaire d'Hazaran qui, tel le joueur de flûte de Hamelin, raconte des histoires aux enfants pour les guider vers d'autres lieux à sa suite.

Petite croix

C'est une jeune aveugle en quête de la couleur bleue, elle la découvre enfin ainsi que la beauté du monde au cours d'un voyage intérieur.

Gaspar

C'est « *un jeune garçon vêtu comme les gens de la ville* », chaussures de toile et veste de lin, visage rougi et nez qui pèle. Il rencontre quatre jeunes bergers de 6 à 14 ans et vit avec eux le temps d'une saison. Il se familiarise avec les mystères de la nature, des astres et des bêtes. Il chasse le lièvre, l'oiseau et le serpent, il bâtit une hutte de roseaux, il rassemble et trait les chèvres, il écoute les signes du bouc et des chiens sauvages. Mais à la fin du récit, il se retrouve en ville.

IV. AXES DE LECTURE

La recherche de liberté

Le Clézio adopte l'écriture globalisante du nouveau roman, dont le but est de tenter d'exprimer par l'écrit la totalité de la pensée humaine. Les thèmes habituellement abordés sont la douleur, l'angoisse, la douleur dans le milieu urbain qui font de lui l'héritier des questionnements et dénonciations existentialistes.

L'auteur nous présente des personnages « libérateurs » dans leur dénonciation d'un cadre scolaire où d'un milieu comme la ville où ils se sentent prisonniers. De plus il n'y a pas de véritable dénouement à la fin des récits, Le Clézio se moque du schéma traditionnel qui vise le dénouement d'une intrigue.

Les jeunes héros sont solitaires, contrairement aux personnes de leur âge ils ne cherchent pas à nouer des amitiés. Ils sont obsédés par la liberté ou ce qu'elle représente pour eux, à l'instar de Daniel qui n'a jamais vu la mer, il ne la connaît qu'à travers les récits du marin, Sindbad.

Les nouvelles sont dominées par les désirs des héros, en découvrant, la liberté, la vérité ils se découvrent eux-mêmes. Ils éprouvent alors de nouveaux sentiments tels que la joie, le plaisir et le bonheur.

Le Clézio à travers ses jeunes héros nous montre le chemin à suivre pour goûter au véritable bonheur. Les héros mûrissent tout au long du récit. À la fin, ils semblent moins solitaires et plus réceptifs à l'environnement qui les entoure.

L'auteur pour lequel la contestation est un caractère permanent de l'œuvre dénonce ici la société urbaine et sa brutalité il remet en cause le monde occidental qu'il élabore dans ses romans ultérieurs.

L'hymne à la nature

L'école ou la ville sont décrites comme des lieux clos où les enfants vivent inquiets, sous toutes sortes de pression. Leur seule issue semble être la fuite. Les lieux dans lesquels ils vivent les étouffent, l'enfermement, le contrôle, la civilisation, l'ordre et la loi les briment. C'est un barrage à leur épanouissement personnel et à leur soif de découvrir.

Tandis que la mer, la montagne, le désert ou encore les voyages intérieurs sont synonymes de liberté pour eux. On remarque qu'avant d'atteindre le lieu synonyme de libertés les héros sont confrontés à plusieurs épreuves. Le narrateur accorde beaucoup de place à la description des lieux, des sentiments, des émotions, des réactions sensitives et sensorielles des personnages qui sont liés avec la mer, les vagues, le vent, le soleil...

Cette nouvelle relation avec la nature les libère de leurs angoisses existentielles. Chaque héros est un enfant « magicien », en harmonie avec l'univers, la nature, le ciel, le soleil, la mer, les étoiles, le vent, mais, qui ne parvient pas à trouver leur place dans une société qui ne semble pas faite pour lui.

Ils parcourent un voyage physique et spirituel dans lequel paysage a un statut particulier, celui du symbole. Au-delà du dépaysement géographique, les enfants affrontent leur nouvelle aventure sous une fascination surnaturelle, presque mystique. Ces histoires semblent être issues du rêve et du recueillement, nous ramènent pourtant à notre époque. Les personnages nous forcent à traverser les tristes opacités d'un univers où l'espoir se meurt. Le recueil est un hymne à la beauté du monde, aux grands espaces naturels, à la plénitude du moment présent.

L'initiation

Ce thème de l'initiation est bien présent dans les huit récits, la quête de liberté et de la vérité simple par les protagonistes correspondent à un voyage initiatique.

Les récits de Mondo mettent en scène deux mondes opposés, le monde profane et le monde sacré. Cette dualité répond au but de l'auteur de faire passer les protagonistes d'un monde à l'autre. L'un de ces mondes est représenté par la ville et le village, l'autre par des espaces isolés à l'écart de la vie courante tels que la mer, la montagne, le désert, la hutte de Martin, la maison de la lumière d'Or, la maison grecque et la grotte.

Au cours du voyage entre ces deux espaces les enfants agissent progressivement comme au cours des rites d'initiation. Ils découvrent les secrets sacrés par les initiateurs, notamment Jon dans La Montagne du dieu vivant.

Au cours de la première phase initiatique, les protagonistes quittent le monde profane et leur vie antérieure. Puis, ils intègrent la deuxième phase qui est le monde de la mort symbolique, via le sommeil, par un passage du seuil, par le fait de se couvrir la tête avec une toile ou une couverture. Ensuite, ils doivent affronter plusieurs périls. Ils renaissent enfin et sont prêts pour un autre monde

Dans la même collection en numérique

Les Misérables

Le messager d'Athènes

Candide

L'Etranger

Rhinocéros

Antigone

Le père Goriot

La Peste

Balzac et la petite tailleuse chinoise

Le Roi Arthur

L'Avare

Pierre et Jean

L'Homme qui a séduit le soleil

Alcools

L'Affaire Caïus

La gloire de mon père

L'Ordinatueur

Le médecin malgré lui

La rivière à l'envers - Tomek

Le Journal d'Anne Frank

Le monde perdu

Le royaume de Kensuké

Un Sac De Billes

Baby-sitter blues

Le fantôme de maître Guillemin

Trois contes

Kamo, l'agence Babel

Le Garçon en pyjama rayé

Les Contemplations

Escadrille 80

Inconnu à cette adresse

La controverse de Valladolid

Les Vilains petits canards

Une partie de campagne

Cahier d'un retour au pays natal

Dora Bruder

L'Enfant et la rivière

Moderato Cantabile

Alice au pays des merveilles

Le faucon déniché

Une vie

Chronique des Indiens Guayaki

Je voudrais que quelqu'un m'attende quelque part

La nuit de Valognes

Œdipe

Disparition Programmée

Education européenne

L'auberge rouge

L'Illiade

Le voyage de Monsieur Perrichon

Lucrèce Borgia

Paul et Virginie

Ursule Mirouët

Discours sur les fondements de l'inégalité

L'adversaire

La petite Fadette

La prochaine fois

Le blé en herbe

Le Mystère de la Chambre Jaune

Les Hauts des Hurlevent

Les perses

Mondo et autres histoires

Vingt mille lieues sous les mers

99 francs

Arria Marcella

Chante Luna

Emile, ou de l'éducation
Histoires extraordinaires
L'homme invisible
La bibliothécaire
La cicatrice
La croix des pauvres
La fille du capitaine
Le Crime de l'Orient-Express
Le Faucon malté
Le hussard sur le toit
Le Livre dont vous êtes la victime
Les cinq écus de Bretagne
No pasarán, le jeu
Quand j'avais cinq ans je m'ai tué
Si tu veux être mon amie
Tristan et Iseult
Une bouteille dans la mer de Gaza
Cent ans de solitude
Contes à l'envers
Contes et nouvelles en vers
Dalva
Jean de Florette
L'homme qui voulait être heureux
L'île mystérieuse
La Dame aux camélias
La petite sirène
La planète des singes
La Religieuse

À propos de la collection

La série FichesdeLecture.com offre des contenus éducatifs aux étudiants et aux professeurs tels que : des résumés, des analyses littéraires, des questionnaires et des commentaires sur la littérature moderne et classique. Nos documents sont prévus comme des compléments à la lecture des oeuvres originales et aide les étudiants à comprendre la littérature.

Fondé en 2001, notre site FichesdeLectures.com s'est développé très rapidement et propose désormais plus de 2500 documents directement téléchargeables en ligne, devenant ainsi le premier site d'analyses littéraires en ligne de langue française.

FichesdeLecture est partenaire du Ministère de l'Education du Luxembourg depuis 2009.

Plus d'informations sur www.fichesdelecture.com

ISBN: 978-2-51102-992-3

Notes :